STAND UP FOR SORAYA

LEVE KANPE POU SORAYA

A Story in English and Kreyòl by the
Restavek Freedom Writers

Illustrated by **Emily Iddings**

Restavek Freedom Foundation

Shout Mouse Press

Restavek Freedom Foundation / Shout Mouse Press
Published by
Shout Mouse Press, Inc.
www.shoutmousepress.org

Copyright © 2014 Shout Mouse Press, Inc.

Authored by the Restavek Freedom Writers.
Transcribed in Kreyòl and English by Sarah Nerette and Cortney Zamor.
Edited in English by Kathy Crutcher.
Translated in Kreyòl by Michelle Marrion.
Edited in Kreyòl by Christina Guérin.

Photography by Steven Baboun and Michelle Marrion.
Illustrated by Emily Iddings.

ISBN-13: 978-0692329627 (Shout Mouse Press, Inc.)
ISBN-10: 0692329625

This is for all the children who are living a
life like Soraya's.

Istwa sa se pou tout timoun ki nan menm
kondisyon ak Soraya.

Soraya was sleeping. She was dreaming of her mother: her beautiful brown eyes, her big smile, the way they used to fight with pillows when making the bed. Her mother always told her: *Soraya, you can be anything you want.*

The dream was so real she almost forgot her mother was gone.

Soraya t'ap dòmi. Li tap reve manman li: li sonje bèl je mawon l' yo, li sonje jan li te konn souri e jan yo te konn goumen ak zòrye yo lè manman l' tap fè kabann lan lematen. Manman l' te toujou di l': *Soraya, ou ka tounen nenpòt sa ou vle ye.*

Li santi rèv la te tèlman vivan, li prèske bliye manman l' pat la ankò.

But when the rooster sang, Soraya awoke to a pinch. Her stepmother said, "Get up, Get up. Go sweep the floor."

Soraya looked around for her father, but he had already left for work. Her stepmother said, "If you tell your father, you'll regret it." Then she went back to bed next to her own precious daughter, Vanessa.

Soraya did not want to get up, but she had no choice. She had many things to do.

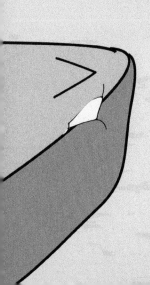

Men, pandan kòk la ap chante, Soraya santi yon moun pichkannen l' pou l' leve. Se bèlmè li ki di, "Leve, leve, al bale lakou a."

Soraya chache papa l' tout kote, men papa l' te deja ale nan travay. Bèlmè a di li, "Si ou di papa w', ou pral regrèt sa." Apre sa, bèlmè a retounen al kouche bò kote Vanessa, ti pitit cheri li a.

Soraya pa t' vle leve, men li pat gen okenn chwa. Li te gen anpil bagay pou l' fè.

That day, like every day, Soraya had to wash the dishes, sweep the yard, clean the house, go to the market, walk all the way up the mountain to get water, carry it all the way back down, and finally prepare the food for the house.

By the end of the day, she could eat only what was left in the bottom of the pot.

All this time, her stepmother never told Soraya thank you, and never told her that she loved her.

This made all of Soraya's dreams disappear. That night, she cried herself to sleep.

Jou sa a, tankou tout lòt jou, Soraya lave veso yo, bale lakou a, netwaye kay la, ale nan mache, monte jiskanlè mòn nan pou al nan dlo, desann jiskanba nèt ak bokit dlo yo epi lè li fini li prepare manje pou kay la.

Apre tout travay sa yo, tou sa l'jwenn se yon ti rès manje ki rete nan fon chodyè a.

Tout lè sa a, bèlmè a pat janm te di Soraya mèsi, epi li pat janm te di l' li renmen l' renmen nonplis.

Sa fè Soraya santi tout rèv li detwi.

Jou swa sa a, Soraya kriye jouk dòmi pran l'.

The next day, on her way back from getting some water, Soraya fell. The bucket was too heavy for her to carry, and she was too tired. When she fell, the bucket broke, and all the water spilled onto the ground. Soraya watched as people walked by, not noticing her or her troubles. She felt as if she was invisible.

But then a little girl around her age came up to her. She had beautiful black hair in a neat bun. She held out her hand and said, "Are you ok?"

Soraya was so surprised by her kindness that she did not answer. Her eyes got wet. "Don't cry," the girl said. "I'll take you home."

On the way home Soraya learned the girl's name was Anita. Anita lived in Pétionville with her parents. She and Soraya talked about the things they liked to do, and for a brief time on the walk home Soraya felt happy again, like a regular little girl who could laugh and talk with a new friend. She felt like she could do anything, like her mother used to tell her.

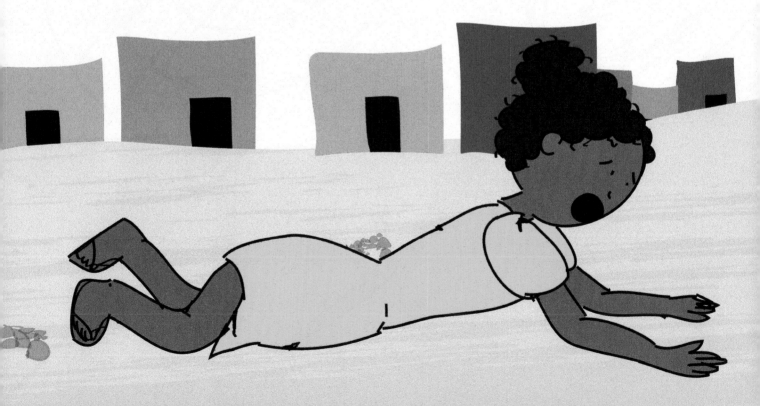

Nan demen, lè Soraya tap tounen soti nan dlo, li tonbe. Bokit la te twò lou, epi Soraya tèlman fatige, li pa gen fòs pou pote l'. Lè li tonbe, bokit la kraze, tout dlo a koule atè.

Soraya gade moun kap pase bò kote l', pa gen yonn ladan yo ki rete pou ede l'. Li santi kòm si li envizib.

Men, lè sa a, yon tifi mem laj avè l' vin vini. Li te gen bèl cheve nwa ki penyen nan yon chou. Li lonje men bay Soraya epi li te di l', "Èske ou anfòm?"

Soraya tèlman sezi wè jan tifi a janti, li pa di anyen. Je l' komanse plen dlo. Tifi a di l,' "Pa kriye. Map mennen w' lakay ou."

Pandan y' ap mache sou wout la, Soraya vinn aprann non ti fi a se Anita. Anita te rete nan Petyonvil ak paran li. Li menm ak Soraya pale de ki sa yo renmen fè. E pou yon ti tan sou chemen lakay li, Soraya santi kè l' kontan ankò, tankou nenpòt tifi ki kapab ri e pale ak yon nouvo zanmi. Li santi tankou li te kapab fè nenpòt sal vle, tankou manman l' te konn di l'.

But as they got close to Soraya's house, she got scared that her stepmother would yell at her. She didn't want to think about what her stepmother would say when she returned home with a broken bucket and no water.

When they got there, Soraya's stepmother looked angry. But because Anita was there, she didn't do anything. Anita said her goodbyes and told Soraya, "I hope I see you soon." Soraya said, "I hope so, too."

But as soon as Anita walked out the door, she could hear Soraya's stepmother yelling. She heard other loud noises, and she turned back to see what was going on. Through the window she saw Soraya's stepmother push Soraya to the floor. She yelled, "What are you doing making friends? You're just a *restavek*!"

Anita was shocked by what she saw and heard, and she rushed back home to tell her parents.

Men, lè yo preske rive devan kay la, Soraya komanse pè pou bèlmè li pa joure l' poutèt li retounen san dlo avek bokit la kraze.

Lè yo rive, bèlmè Soraya a te sanble l' te fache. Men, poutèt Anita te la, li pat di ni l' pa fè anyen.

Pandan Anita prale, li di Soraya, "M' espere na wè ankò." Soraya di l', "Mwen menm tou."

Anita pat menm poko soti nan pòt la lè li tande bèlmè an kap joure Soraya. Li tande anpil gwo bwi kap fèt, alò li tounen al gade sa k' ap pase. Nan fenèt la, li wè bèlmè a k' ap pouse Soraya atè a epi k' ap rele sou Soraya, "Eske mwen voye w'al fè zanmi? Se yon restavèk ou ye!"

Anita tèlman sou chòk, apre sa l' sot wè ak tande a, li kouri lakay li pou l' rakonte manman l' ak papa li.

When Anita got home she went to find her mother and father to tell them what was happening. "It's terrible!" she said.

Her parents agreed and said that it was not right. But they also said, "But we cannot do anything about it," and they went back to their work.

Lè Anita rive lakay li, li l' al jwenn manman l' ak papa l' pou li eksplike yo sa ki te sot pase. Li di, "Sa a lèd anpil!"

Paran li dakò e yo di sa moun yo ap fè a pa bon. Men, yo di tou, "Men nou pa ka fè anyen pou sa," epi yo retounen al' fè travay yo.

After this Anita was frustrated, so she went to the house of one of her friends, Nadya, to tell her what she'd seen.

Once she finished telling her, Nadya lifted her shoulders and said, "What can I do for her? This does not concern me."

Again Anita was frustrated. Why didn't anyone want to help her?

Apre sa, Anita te fistre, se konsa l' al kay yonn nan zanmi li ki rele Nadya pou l' rakonte l' sa li te sot wè.

Apre l' fin rakonte l' Nadya leve zepòl li, epi li di, "Sam ka fè pou sa? Sa pa gade m'."

Anita santi yon fristrasyon. Poukisa pèsonn pa vle ede li?

On her way back to her house, Anita ran into one of her other friends, Jefflie. She was sure he would be as outraged as she was. "Jefflie," she said, "listen to this." She told him about Soraya and how her stepmother had called her *restavèk*.

But Jefflie just shied away, looking at the ground. He was carrying a bucket of water, and he looked tired. Anita saw a big thick cut across his shin. Jefflie said, "I'll catch up with you later, Anita. I have a lot of things to do."

As Anita was walking home, she wondered: Is Jefflie living this way, too? She always knew he lived with his aunt, but she did not know under what circumstances. This is how Anita came to find out that there are many people in Soraya's situation who are suffering every day. She also found out that there are people who know what is going on and aren't doing anything about it.

Anita felt bad. She didn't know what she could do. She felt powerless. But this was not right! She decided that even if they wouldn't listen, she must do something about this.

Lè l' ap tounen lakay li, Anita kwaze ak yon lòt zanmi l' ki rele Jefflie. Anita te konnen Jefflie ta pral vekse men jan avèk li, lè l' li tande sa Soraya ap pase. Anita di, "Jefflie, tande." Li esplike l' kijan bèlmè Soraya te rele l' restavèk.

Men, Jefflie te vin anbarase. Li komanse gade atè a san l' pa di anyen. Li tap pote yon bokit dlo, e figi Jefflie te fatige. Anita wè yon gwo mak long anba jenou li. Jefflie di, "Na wè pita, Anita. Mwen gen anpil bagay pou m' fè."

Pandan Anita ap mache al lakay li, tap reflechi. Li mande tèt li: Èske Jefflie ap viv nan sistèm restavèk la tou? Li te toujou konnen li te abite ak matant li, men li pat konnen nan ki sikonstans. Se konsa Anita rive konnen gen anpil moun ki nan menm sitiyasyon ak Soraya e kap soufri chak jou. Li ran li kont tou gen moun ki konnen ki sa kap pase yo, e ki fèmen je yo sou sa.

Anita te santi l' desezpere. Li pa t' konnen sal ta kapab fè. Li te santil enpwisan. Men sa kap pase a pa bon! Li deside menm si yo pat vle koute l', li dwe fè yon bagay pou chanje sa a.

The next day, Soraya was sent to the market to start making the bean sauce and the rest of the food. All the way there and all the way back, she looked for Anita, but she didn't see her.

Soraya wanted so badly to run into Anita again. Anita was the only one who had been nice to her in so long. She worried that she would never see her again.

Nan denmen, yo voye Soraya al achte nan mache engredyan pou l' ka fè sòs pwa ak rès manje a. Pandan l' ap mache sou tout wout la l' ap chache Anita, men li pat janm wè l'.

Soraya te vreman vle kwaze ak Anita yon lòt fwa. Anita se sèl moun ki trete l' byen e se depi lontan sa. Soraya te pè pou li pa janm wè l 'ankò.

In the meantime, while Soraya was at the market, Anita was on her way to Soraya's house. She was nervous but knew she had to do this. She gently knocked on the door. The stepmother answered and Anita said, "Hello, How are you? How did you spend your night? How is everyone?"

The stepmother responded in confusion and said, "Everyone is fine." Anita walked in and took a seat.

Pandan Soraya nan mache a, Anita te sou wout lakay Soraya. Li te sou tansyon men li te detèmine pou fè sa l deside l' ta pral fè a. Li frape nan pòt la tou piti. Bèlmè a reponn e Anita di, "Bonjou, kijan nou ye la a? Ki jan ou te pase nwit la? Kijan tout moun yo ye?"

Bèlmè a reponn li, men yon jan frèt, li di l', "Tout moun anfom wi." Anita antre andan epi l' pran yon chèz.

Anita had made up her mind: If the only thing she could do was use her voice, she would use it. She would speak up and tell Soraya's stepmother that what she was doing was wrong.

Anita looked the stepmother in the eyes. "Children are the future of this country," she said. "They must all go to school. Every child should have the same right as every other child."

Just then Soraya came back from the market. She was shocked to find Anita in her living room with her stepmother.

Anita said, "Look at the way that you are sending Soraya back and forth to the market to get produce. You never give her time to rest. How can you treat Soraya this way? You don't treat your own child this way."

Anita te deside: Si sèl bagay li ka fè, se fè yo tande vwa l', alò, l' ap fè sa. L' ap kanpe pou l' di bèlmè Soraya sa l' ap fè a pa bon.

Anita gade bèlmè a nan je, epi li di, "Ou konnen timoun se lavni peyi a. Yo tout dwe ale lekòl. Chak timoun sipoze gen mem dwa ak tout lòt timoun."

Se lè sa a, Soraya tounen soti nan mache a. Li sezi jwenn Anita nan salon a k' ap pale ak bèlmè a.

Anita di, "Gade jan wap plede voye Soraya moute desann al achte nan mache. Ou pa janm ba li yon ti tan pou l' prann souf li. Poukisa ou trete l' konsa? Ou pa trete pwòp pitit pa w' la konsa."

Soraya's father had stayed home from work that day and could hear what was happening. He came to find them in the living room. "What is going on here? Is what this girl says true?" He turned to the stepmother and said, "Explain yourself. Tell me what has been happening in this house."

The stepmother stuttered and looked away.

Soraya's father said, "Ok, then be quiet. Let Soraya talk!"

Soraya was afraid to say anything because her stepmother was there. Her father said, "Go on Soraya, you can speak. You don't have to be scared."

And so Soraya took a big, deep breath and told him everything.

Papa Soraya pat ale nan travay jou sa a, kidonk li vin tande sa k' pase a. Li vin jwenn yo nan salon an. "Ki sa k' ap pase la a? Eske sa tifi a di yo se vre?" Li vire gade bèlmè an epi li te di, "Fè yon ti esplike m' sa k' ap pase nan kay la."

Bèlmè a komanse bege san li pa ka gade papa a nan je.

Papa Soraya a te di, "Ebyen dakò, fè yon ti silans e kite Soraya pale!"

Soraya te pè pale paske bèlmè an te la. Papa l' di, "Ale Soraya, ou met pale. ou pa bezwen pè."

Lè sa a, Soraya pran yon gwo, gwo souf epi li di papa l' tout bagay.

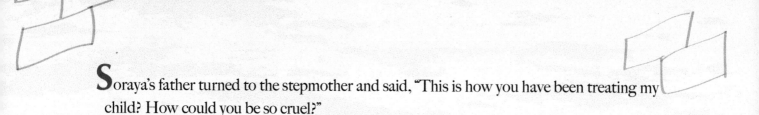

Soraya's father turned to the stepmother and said, "This is how you have been treating my child? How could you be so cruel?"

He turned to Soraya and said, "I'm so sorry. I never had time for you. It is all my fault."

Soraya's father turned back to the stepmother and said, "We're leaving. I'm leaving you and taking Soraya with me. If you can't treat my child the way you treat your own child, then we cannot stay."

The stepmother reached out for him. "No!" she said. "You can't go. Do not leave me!"

Papa Soraya vire gade belmè a e li di, "Se konsa ou t' ap trete pitit mwen an? Kijan ou fè mechan konsa?"

Apre sa, li vin tounen jwenn Soraya, e li di l', "Mwen dezole pitit fi mwen. Mwen regrèt mwen pat janm gen tan pou ou. Se fòt mwen si tout bagay sa a yo rive."

Papa Soraya retounen sou bèlmè anko, e li di, "N' ap kite kay la. Map kite w' epi Soraya prale avè m'. Si w' paka trete pitit mwen mem jan ou trete pwòp pitit pa w' la, nou pa ka rete la."

Bèlmè an lonje bra li pou l kenbe papa an. Li di, "Non! Ou pa ka ale. Pa kite m'!"

The stepmother turned to Soraya and bowed her head. "I'm sorry, child. What I did to you was wrong."

Soraya was taken aback. She found it very difficult to accept her stepmother's apology. She was overwhelmed and started to cry.

Anita approached Soraya and said, "Don't cry. What just happened is important. Your stepmother has apologized. Your father has apologized. From now on, things are going to change."

Bèlmè al bò kote Soraya, e li bese tèt li. "Mwen regrèt, pitit. Jan mwen te trete w' la pat bon."

Soraya sezi. Li pat fasil pou li aksepte eskiz bèlmè an bay li. Emosyon li te telman anpil, li kòmanse kriye.

Anita pwòche kote Soraya e li te di l', "Pa kriye. Sa ki fèk rive a enpòtan. Bèlmè ou mande w' eskiz. Papa w' mande w' eskiz. A pati de kounye a, bagay yo ap chanje."

That night, Anita lay in bed with a smile on her face.

She was happy that she found the courage to stand up for Soraya. She knew that she had done the right thing, and that her words could be powerful.

As she fell asleep, she dreamed of ways to help other children who were living this way. Could she convince more people to speak up and do something?

Jou swa sa a, Anita kouche nan kabann li ak yon souri sou figi l'. Li kontan l' te jwenn kouraj pou l' pran defans Soraya. Li konnen sa li fè a se li ki byen, e li wè pawòl li kapab gen anpil fòs.

Pandan dòmi ap pran l', li imajine fason li te kapab ede lòt timoun k' ap viv nan kondisyon sa a yo. Eske li ta kapab konvenk plis moun pou fè yo tande vwa yo ak fè yon bagay?

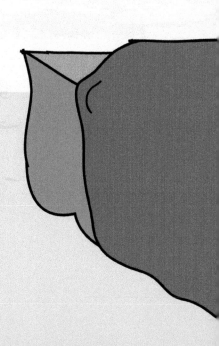

And that night, Soraya lay in bed filled with hope. She imagined herself back at school, doing her lessons. She imagined her father spending more time at home. She imagined her mother, watching over her and telling her she could do it.

Soraya could feel her life changing.

And as she drifted off to sleep, she believed once more that all of her dreams could come true.

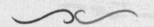

Jou swa saa tou, Soraya kouche nan kabann li, lespri l' ak kè l' chaje ak lespwa. Li imajine li nan lekòl la, ap fè devwa li. Li imajine li menm ak papa'l kap pase plis tan ansanm lakay yo. Li imajine manman l' kap voye je sou li e k' ap di l' li kapab reyisi.

Soraya te ka santi vi l' ap chanje.

Pandan dòmi a prale avè l', li panse yon lòt fwa tout rèv li ka vin reyalize.

The Story BEHIND The Story

Soraya is not a real little girl, but her story—of losing a parent, being treated as a servant in a new home, longing to go to school, and being denied the love and care she needs—is all too real for too many children in modern-day Haiti. These children are known as *restavek*.

What is *Restavek*?

Restavek is a Creole term that means "to stay with." When a Haitian family cannot provide for a child—whether due to economic hardship or loss of parents—they may seek another arrangement in which the child is sent to stay with a relative or stranger to be given food, shelter, and a chance to go to school, in exchange for performing chores around the house. Instead, often in their new homes these children become domestic slaves, performing menial tasks for no pay. Like Soraya, they may be mistreated and neglected, and the promise of attending school may never come true.

These children are constantly reminded that they do not belong, that they are not wanted, that they are objects to be used and discarded. They are made to feel like their voices, their lives, will never count.

But the authors of this book are working to change that.

Who are the Restavek Freedom Writers?

The courageous young women who wrote this book— Alta, Darline, Nerlyne, Manoucheca, Rosemyrtha, Sophia, Jonia, and Mireline—are members of a transitional home in Port-au-Prince sponsored by the

Restavek Freedom Foundation, a nonprofit organization whose mission is to end child slavery in Haiti.

These authors understand the struggle of girls like Jenika, and they used their own heartache as well as their own determination to write this original story. They knew that their voices could be the most powerful forces in making a change.

How Did They Do It?

Every day for a week during the summer of 2014, these young women gathered together to write. They broke into two teams and worked in collaboration with staff from Shout Mouse Press as well as dedicated Haitian college students who were passionate about the cause. They brainstormed original characters and plotlines inspired by the real-life struggles of *restavek* children, and then drafted, developed, and revised their stories.

The result is the book you hold in your hand: a heartfelt and original story designed to **start a revolution** and **stop the practice of *restavek*.**

Why Write Books?

There are many reasons that the *restavek* practice persists in Haiti -- ranging from economic hardship to cultural attitudes towards children -- but one of the major barriers is **awareness**.

Many people outside of Haiti don't know that this injustice is happening, and people within Haiti are just beginning to talk about it. That's why the Restavek Freedom Writers set out to become authors. Their mission is to awaken their reading public by:

instilling **empathy** for children living in *restavek*
creating **outrage** at the injustice of exploitation and abuse
providing **inspiration** to stand up, speak up, and make a change

By writing these books, these authors take control of their stories, reshaping them with power and possibility and hope.

By reading these books, you are letting the thousands of children living in *restavek* know that their story matters, and that their voices are being heard.

"Although I knew child slavery still existed in Haiti, I was unaware of how prevalent it was throughout the country. Having been raised in Haiti, and having witnessed the tragedy that the Haitian people have endured, I feel that it is my duty, as a Haitian, to be the change and make the change I wish to see. I want these girls to become everything they dream of being, and for them to pass their light and inspiration to other children. I want see the *restavek* system come to an end, for these girls, for the children of Haiti, and for the future of my country."

- Cortney
Haitian college student / story intern

What Can You Do?

Help us spread the word. These books need to reach as many readers as possible in order to make these voices heard. Share the books with your friends and family, schools and faith communities, book clubs and neighborhood groups. Or commit to purchase books for distribution within Haiti or your own community. Books can be purchased at:

> restavekfreedom.org
>
> shoutmousepress.org/restavek-freedom

For purchases of 100+ books, contact info@shoutmousepress.org. *Proceeds from book sales support girls removed from the restavek system and help champion other unheard voices.*

Arrange a book event. Bring people together to discuss the issue of *restavek* within your neighborhood, school, faith community, or book club. Authors and/or facilitators may be available upon request. Contact info@restavekfreedom.org for more information.

Stand up for children. If you know of a child being trafficked or exploited, do something about it. Be an advocate for those who need it most.

In Haiti: Call the 188 Haiti-wide HELP line

In the United States:
National Human Trafficking Resource Center
traffickingresourcecenter.org
1.888.373.7888 or text HELP to BeFree (233733)

Get involved. If you are moved by this story and want to do more, learn about supporting the work of Restavek Freedom Foundation. Sponsor a child, host an exhibit, fundraise, or donate.

You can help bring an end to child slavery in Haiti.

"I wanted to raise awareness about the important issue of *restavek* in Haiti, and to help the girls find their voice and share their stories. It was very humbling to work with these girls who had been through so much yet still were so energetic, joyful, and optimistic about life and the future, many of them aspiring to be influential members of the Haitian community. Through these girls and this project, I was able to grow as a person and to learn about true courage, as well as the necessity of justice for all children."

- Sarah
Haitian college student / story intern

I can sing and dance. I love the color blue. I am not shy. I love to tell jokes. I have a really loud voice. I love to read books in French. I would love to learn how to speak English. I would also like to become an engineer so I can help people build houses.

Alta, 15

Mwen konn chante ak danse. Mwen renmen koulè ble . Mwen pa timid, Mwen renmen bay blag. Mwen gen yo gwo vwa. Mwen renmen li liv an franse. Mwen ta renmen aprann angle. Mwen ta renmen yon enjenyè pou m' ka ede moun bati kay.

I am a good kid. I really like the color pink. I like to make food, sing, and dance. I like to talk a lot. I am a very nice person, I am very funny, and I love to tell people jokes. I also get mad really easily. I like to study. I would like to be a diplomat so I could give everyone a visa.

Sophia, 20

Mwen se yon bon timoun. Mwen renmen koulè roz . Mwen renmen fè manje, chante, danse. Mwen renmen pale anpil. Mwen se yon moun ki janti, trè komik, e mwen renmen bay blag. Mwen fache fasil. Mwen renmen etidye. Mwen ta renmen etidye diplomasi ak syans enfomatik pou m' ka bay tout moun viza.

I like to work. I like washing clothes and cleaning the house. I also like to fool around. I like to dance and tell jokes. I love seeing people laugh. I am a nice girl. I am very interesting. I am the same person on the inside that other people see me as on the outside.

Jonia, 19

Mwen renmen travay. Mwen renmen lave rad e netwaye kay. Anplis, Mwen renmen fè bagay ki komìk. Mwen renmen danse epi bay blag. Mwen renmen wè moun ri. Mwen se yon tifi ki janti. Mwen trè agreyab. Andedan, mwen se menm moun ou ka wè mwen ye sou deyò a.

I like playing hopscotch with the girls. It's a game where we can all come together and have fun. I've been playing from the time I was a little girl. I like to laugh. I like combing my hair and making it pretty. I am a nice person. I want to be a psychologist when I grow up because I want to help.

Manoucheca, 15

Mwenn renmen jwe marèl ak medam yo. Se yon jwèt kote nou tout ka reyini ansanm e anmize nou. Depi mwen tou piti, map jwe jwèt sa. Mwenn renmen ri. Mwenn renmen penyen cheve m' e fè yo bèl. Mwen janti. Mwenn vle vin yon sikològ lè mwen pi gran paske mwenn vle ede.

Meet the

Authors

I like to dance and sing. I am a girl who loves God. I am nice, and I appreciate others. When I grow up, I want to be a doctor so I can cure sick people.

Mirelene, 14

Mwen renmen danse epi chante. Mwen se yon ti fi ki renmen Bondye. Mwen janti e mwen apresye lòt moun. Lè m' grandi, mwen vle vin yon doktè, konsa, mwen ka geri moun ki malad.

I like to make food and I also like to eat it. I really like to make rice and beans with fish sauce. I like to wash things, clean the house, and I also like to dance. In the future, I would like to be a doctor who cures children because I love children.

Darline, 16

Mwen renmen fè manje e mwen renmen manje tou. Manje mwen pi renmen fè se diri kole ak sòs pwason. Mwen renmen lave, netwaye kay, epi mwen renmen danse. Mwen ta renmen yon doktè pou swen timoun paske mwen renmen timoun.

I like to play, talk, and sing. I like all artists, but I like listening to Pitbull, Justin Timberlake, and Drake the best. I would like to study law so that there is justice. I would love to become President so that I can help Haiti. I want to make my dreams a reality.

Rosemyrtha, 15

Mwen renmen jwe, pale, ak chante. Mwen renmen tout atis, men mwen pi renmen tande mizik Pitbull, Justin Timberlake ak Drake. Mwen ta renmen etidye dwa pou m' ka ede moun jwenn jistis. Mwen ta renmen prezidan pou mwen ka ede peyi d' Ayiti. Mwen vle fè rèv mwen tounen yon reyalite.

I know how to make jewelry. I've been making it since 2011, and I really like making it. The girls call me Tinelyn because I came here when I was little. It's already been three years. I like to organize, and I always fix the bed. I have never written a story like this but I feel really proud of this one.

Nerlyne, 14

Mwen konn fè bijou. Map fè yo depi 2011 epi mwen renmen fè yo anpil. Lòt medam yo rele m' Tinelyn poutèt mwen te vin viv nan kay la lè m' te tou piti, sa gen twa lane. Mwen se yon moun ki òganize, e mwen toujou ranje kabann mwen. Mwen pat janm ekri yon istwa avan kounye a, men Mwen santi'm fyè de sa.

Hear Our

"I would like to tell everyone to use this book as an example of what to do. I want the restavek system to end so that Haiti can develop. Haitians need to stand up and speak up!"

"Mwen ta renmen di tout moun pou yon pran ekzanp sou liv la. Mwen ta renmen sistèm restavèk la fini pou ayiti ka devlope. Fòk ayisyen yo ta leve kanpe!"

— Nerlyne

"I think this is a good project because we are sharing with everyone what is going on in this country. We need to end the *restavek* system so that children everywhere can have a good life."

"Mwen panse se yon bon pwojè ki itil paske istwa nap pataje a ka fè moun konnen sak ap pase nan peyi a. Fonn fini ak sistèm sa a pou pèmèt timoun tout kote jwenn yon bon lavi."

— Rosemyrtha

"I would like people to know that the *restavek* system is horrible and that they shouldn't mistreat children. I believe that everyone should come together so that we can end the system."

"Mwen ta renmen pou lòt moun konnen sistèm restavèk la se yon move bagay, pou yo konprann yo pa dwe maltrete timoun. Mwen kwè fòk tout moun ta mete ansanm pou sistèm la fini."

— Darline

"It was challenging to write about the misery that Soraya was facing, but I really enjoyed how she got to speak up , and how her stepmother asked for her forgiveness. I like this book project because now we are one step closer to ending the restavek system."

"Se te yon defi pou ekri sou mizè Soraya te pase, men mwen te reyèlman renmen jan li te rive fè yo tande vwa li, epi jan bèlmè li mande'l padon a. Mwen renmen pwojè liv sa paske kounye a nou rive nan yon etap pi pre pou nou ka fini ak sistèm restavèk lan."

— Mirelene

Voices

"I want children living in restavek to know that their life is not over. Haitians should not mistreat the children who are with them: all children are children. They all have the right to an education – that is what is most important."

"Mwen ta renmen timoun kap viv nan restavek konnen lavi yo pa fini. Ayisyen pat dwe maltrete timoun kap viv avèk yo paske tout timoun se timoun. Yo tout gen dwa ak ledikasyon se sa ki pi impotan."

- Sophia

"I like this book project because I believe that it will help children who are living in restavek. I hope that it will change people's minds and stop them from using kids and treating them badly."

"Mwen renmen pwojè liv sa a paske mwen kwè lap ede timoun ki ap viv nan restavèk toujou. Mwen espere li pral chanje mantalite moun yo epi fè yo sispann itilize timoun ak trete yo mal."

- Manoucheca

"I don't want to see children going through hard times. I want Haitians to come together to stand up for the children of this country and to give them hope for the future."

"Mwen pa vle wè timoun pase mizè. Mwen vle ayisyen reyini e met tèt ansanm pou kanpe pou timoun peyi Dayiti e pou bay yo espwa pou yo lavni miyò."

- Jonia

"I always thought about writing a book such as this one, but I was waiting until I got older to do it. I am really happy that I got the opportunity to write it."

"Mwen te toujou gen nan tèt mwen pou mwen ekri yon liv tankou liv sa a, men mwen tap tann lè mwen pi gran pou m' fè sa. Mwen kontan anpil mwen jwenn yon chans pou m' ekri li."

- Alta

Acknowledgments

The Restavek Freedom Writer books could not have been possible without the dedication and support of a number of hard-working folks who believed in the importance of empowering these young women to write and share their stories. In particular, we thank:

Laeticia Hollant, Sarah Nerette, Cortney Zamor, and Colleen Zamor, all Haitian natives and current U.S. college students, for being the dedicated story scribes who helped these authors capture their voices on the page. These young women led writing sessions, translated for Shout Mouse staff, and created welcoming, joyful environments for the authors. We simply could not have done this without these committed young women. We thank fellow college student Arielle Accede as well for her time, and Steven Baboun of *Humans of Haiti* for his tremendous photographs of the writing process!

Michelle Marrion, for being essential to the project on multiple fronts: as a talented and compassionate videographer and photographer, and also as a translator, both in-person and in writing. We are grateful to Michelle for translating both books, and to Christina Guérin and Adeline Bien-Aime for their expertise in copy-editing in Creole.

Emily Iddings, for her beautiful, powerful illustrations. Emily used her love of Haiti and her passion for ending the system of *restavek* to bring these books to life, and we are grateful!

We also thank Adeline Bien-Aime, Regine Benoit, Sarah Cooke, and Christine Lee Buchholz for their essential input on the books and support of our authors during the writing process. The production of these books would also not be possible without the generous financial support of Stan and Marilyn Forston, Tom and Amelia Crutcher, Mary Hardesty, Erin McDonough, and many others who contributed to the project.

And finally we want to thank the courageous authors of these books, who serve as beacons of hope, renewal, and freedom for people everywhere, and whose powerful stories will inspire the revolution of justice of which they dream.

Joan Conn,
Restavek Freedom Foundation
Executive Director

Kathy Crutcher,
Shout Mouse Press
Founder

About Restavek Freedom Foundation

Konsènan Restavek Freedom Foundation

Restavek Freedom Foundation is a nonprofit organization based in Port-au-Prince, Haiti and Cincinnati, Ohio with a mission to end child slavery in Haiti in our lifetime. Since our inception in 2007, Restavek Freedom has worked on behalf of the 300,000 children living as *restavek* in Haiti. We advocate for children by providing educational opportunities for those living in *restavek*, influencing communities to help change cultural norms regarding *restavek*, and mobilizing community leaders to stand up for freedom.

Restavek Freedom se yon òganizasyon ki gen baz li, Pòtoprens, Ayiti ak Cincinnati, Ohio, nan Etazini. Misyon nou se pou nan jenerasyon sa a nap viv la, nou elimine esklavaj timoun an Ayiti. Depi kreyasyon òganizasyon an nan lane 2007, Restavek Freedom ap travay pou 300,000 timoun sa a yo, kap viv nan sistèm restavèk nan peyi d' Ayiti. Gen plizyè fason nou konbat pou dwa timoun e pou timoun ki toujou nan sistèm restavèk la. Nou bay yo opòtinite pou y' al lekòl, nou enfliyanse kominote yo pou yo ka chanje nòm kiltirèl yo sou kestyon restavèk la, e nou mobilize lidè kominote yo pou yo leve defann libète.

www.RestavekFreedom.org

About Shout Mouse Press

Konsènan Shout Mouse Press

Shout Mouse Press is a writing program and publishing house for unheard voices. We were founded in Washington, DC in 2014. Shout Mouse partners with nonprofit organizations serving communities in need to design book projects that help further their missions. Our authors have produced original children's books, memoir collections, and novels-in-stories.

Shout Mouse Press se yon pwogram pou vwa enkoni nan sosyete kapab ekri ak piblye liv. Nou te fonde nan Washington, DC, nan Etazini an 2014. Shout Mouse Press travay ansanm ak lòt òganizasyon. Ansamn, yo sèvi kominote ki nan nesesite kreye pwojè liv ki koresponn ak misyon kominote saa yo. Ekriven nou yo pwodwi liv orijinal pou timoun, koleksyon byografik, ak ti woman.

www.ShoutMousePress.org

More Books by Restavek Freedom Writers

JENIKA SINGS FOR FREEDOM

by the Restavek Freedom Writers

Jenika's life changed in an instant. One day she lived in the countryside with her mother and ten siblings, and the next she moved with her aunt to the city, where she was promised an education but was instead forced into a life of cooking, cleaning, and despair. The only thing that kept her going was her singing. Read this inspiring tale of a girl who overcame the odds, written by girls who understand her struggle.

STAND UP FOR SORAYA

by the Restavek Freedom Writers

Soraya dreams of the life she once knew: a loving mother, school, hope for the future. But now that her mother has died, her father has re-married, and her stepmother treats her as a slave, she feels alone and invisible. Until one day when she meets a little girl named Anita, whose courage and sense of justice could save Soraya from despair. Through this story the authors issue a challenge: Could you have this courage to change a life?

BOOKS BY TEENS SERIES
by the tutors of Reach Incorporated

As elementary school reading tutors in underserved communities in Washington, DC, the teens of Reach Incorporated noticed that few children's books reflected their reality. They decided to do something about that: they wrote their own. Learn more and check out all eight children's book titles at:

ShoutMousePress.org

More Shout Mouse Press Titles